阿摩的聰明藥

文 平田明子　圖 高畠 純　譯 黃惠綺

在一座大森林裡，
住著一個名叫阿摩的大猩猩。
阿摩最大的樂趣，　就是晚上的時候，
把鼻屎挖出來搓成圓圓的，　然後偷偷吃掉。

今晚，阿摩一如往常，把一顆鼻屎扔進嘴巴裡。
就在這時候，

「嗨，阿摩。」
貓頭鷹阿羅來了。
「我之前就一直很想知道，你每天晚上
吃什麼東西，吃得這麼津津有味啊？」

阿ㄚ摩ㄇㄜ不ㄅㄨ由ㄧㄡ得ㄉㄟ捣ㄉㄠ住ㄓㄨˋ嘴ㄗㄨㄟ巴ㄅㄚ，
他ㄊㄚ没ㄇㄟ有ㄧㄡˇ想ㄒㄧㄤ到ㄉㄠ，吃ㄔ鼻ㄅㄧˊ屎ㄕˇ会ㄏㄨㄟˋ被ㄅㄟ别ㄅㄧㄝˊ人ㄖㄣˊ看ㄎㄢ到ㄉㄠˋ。

「每天晚上偷偷在吃的東西……那一定就是……」

「呃、啊、就、就是、呃嗯……就是讓頭腦
變聰明的藥丸啦！」阿摩慌慌張張的隨口胡說。

「讓頭腦變聰明的藥丸？真的假的？
那我真想吃一個看看！」
「但、但是，這是很寶貴的東西，誰都不能給！」

「嗯……有了！那我跟你交換寶物好了，如何？」
「什麼！」

阿摩考慮了一下，說：
「用交換的話，就可以喔。」

阿羅拔起一根閃亮的羽毛，
「用這根羽毛，可以寫出很優美的信喔！」
他把羽毛拿給阿摩。

阿摩說：
「聰明藥是特別給你的，
這件事情絕對不能跟任何人說喔。」
然後就給阿羅一顆鼻屎丸。

第二天早上，
阿羅正在整理羽毛時，獵豹阿力剛好經過。

「喂，阿力，今天的我有點不一樣喔，你看得出來嗎？」
「不一樣？看起來沒什麼改變啊。」

「咕——咕咕。外表是看不出來，
但內在可是大大改變了唷！
昨天吃了厲害的東西……啊，這可是不能說的。」

阿羅一邊講，還故意轉身背對阿力。

結果，阿羅還是全部都跟阿力說了。

「你說的這些都是真的嗎？」
「你如果不相信，就去問問阿摩好了。
但千萬不能說是我說的喔。」

「讓頭腦變聰明的藥丸？ 吃下這顆藥丸，
也許就能想出不會餓肚子的方法， 太好了！ 」

阿ㄚ力ㄌ跑ㄆ去ㄑ找ㄓ阿ㄚ摩ㄇ， 阿ㄚ摩ㄇ剛ㄍ吃ㄔ完ㄨ早ㄗ餐ㄘ。

「阿ㄚ摩ㄇ， 那ㄋ個ㄍ也ㄝ給ㄍ我ㄨ吧ㄅ！ 」
「這ㄓ個ㄍ嗎ㄇ？ 」
阿ㄚ摩ㄇ遞ㄉ出ㄔ一ㄧ根ㄍ香ㄒ蕉ㄐ。

「不ㄅ是ㄕ啦ㄌ， 不ㄅ是ㄕ這ㄓ個ㄍ！
是ㄕ會ㄏ讓ㄖ頭ㄊ腦ㄋ變ㄅ聰ㄘ明ㄇ的ㄉ藥ㄧ丸ㄨ啦ㄌ！ 」
「什ㄕ麼ㄇ！ 那ㄋ是ㄕ……」

阿ㄚ摩ㄇㄛ雖ㄙㄨㄟ然ㄖㄢ想ㄒㄧㄤ試ㄕ著ㄓㄜ騙ㄆㄧㄢ過ㄍㄨㄛ阿ㄚ力ㄌㄧ，但ㄉㄢ是ㄕ阿ㄚ力ㄌㄧ不ㄅㄨ死ㄙ心ㄒㄧㄣ：

「阿ㄚ摩ㄇㄛ，拜ㄅㄞ託ㄊㄨㄛ啦ㄌㄚ。是ㄕ不ㄅㄨ是ㄕ要ㄧㄠ拿ㄋㄚ寶ㄅㄠ物ㄨ跟ㄍㄣ你ㄋㄧ換ㄏㄨㄢ你ㄋㄧ才ㄘㄞ肯ㄎㄣ？
吶ㄋㄟ，這ㄓㄜ個ㄍㄜ拿ㄋㄚ去ㄑㄩ。」
阿ㄚ力ㄌㄧ拔ㄅㄚ下ㄒㄧㄚ三ㄙㄢ根ㄍㄣ金ㄐㄧㄣ色ㄙㄜ的ㄉㄜ鬍ㄏㄨ鬚ㄒㄩ給ㄍㄟ阿ㄚ摩ㄇㄛ。

「只ㄓ有ㄧㄡ今ㄐㄧㄣ天ㄊㄧㄢ喔ㄛ。」
阿ㄚ摩ㄇㄛ沒ㄇㄟ辦ㄅㄢ法ㄈㄚ，只ㄓ好ㄏㄠ拿ㄋㄚ一ㄧ顆ㄎㄜ昨ㄗㄨㄛ天ㄊㄧㄢ搓ㄘㄨㄛ好ㄏㄠ的ㄉㄜ鼻ㄅㄧ屎ㄕ丸ㄨㄢ給ㄍㄟ阿ㄚ力ㄌㄧ。

這個傳聞，很快在森林裡流傳開來。

下午，長頸鹿踟著漂亮的陶笛
來找阿摩。

傍晚，大象帶著麵包樹的果實、青蛙們帶著紅色的花來了。

晚上，蝙蝠們也帶著發出七彩光芒的種子來拜訪阿摩。

阿Y摩ㄇ變ㄅㄧㄢ得ㄉㄜ非ㄈㄟ常ㄔㄤ忙ㄇㄤ碌ㄌㄨ。　因ㄧㄣ為ㄨㄟ知ㄓ道ㄉㄠ每ㄇㄟ天ㄊㄧㄢ都ㄉㄡ會ㄏㄨㄟ有ㄧㄡ人ㄖㄣ來ㄌㄞ找ㄓㄠ他ㄊㄚ，
所ㄙㄨㄛ以ㄧ他ㄊㄚ不ㄅㄨ得ㄉㄜ不ㄅㄨ偷ㄊㄡ偷ㄊㄡ把ㄅㄚ鼻ㄅㄧ屎ㄕ搓ㄘㄨㄛ成ㄔㄥ丸ㄨㄢ子ㄗ，
連ㄌㄧㄢ最ㄗㄨㄟ愛ㄞ的ㄉㄜ午ㄨ覺ㄐㄧㄠ也ㄧㄝ都ㄉㄡ沒ㄇㄟ得ㄉㄜ睡ㄕㄨㄟ了ㄌㄜ。

然而最大的問題是，一直說謊讓阿摩覺得非常不開心。
但是，如果大家知道真相的話，一定會非常生氣吧。

阿摩一天到晚想著這件事，終於臥病不起了。

阿摩臥病不起的消息，很快的傳遍了整座森林。
大家都來探望他。

紅鶴問：「阿摩，你怎麼了？ 不要緊吧？」
阿摩用虛弱的聲音回答：

「沒有啦……那個……有件事很傷腦筋……
但是我想不出好辦法，
一直絞盡腦汁的想， 結果頭就痛了起來……」

這時，阿力忽然想到了什麼，他拍了拍手。
「想不出好辦法嗎？
阿摩，何不現在吃顆聰明藥？」

「對啊，吃下那個藥丸就好了吧！」
「我珍藏的這顆，就給你吧。」

每個人把自己寶貴的聰明藥集合起來給阿摩。

「阿ㄚ摩ㄇㄛ，吃ㄔ吧ㄅㄚ！ 快ㄎㄨㄞ點ㄉㄧㄢ！ 」

森ㄙㄣ林ㄌㄧㄣ裡ㄌㄧ的ㄉㄜ動ㄉㄨㄥ物ㄨ們ㄇㄣ都ㄉㄡ盯ㄉㄧㄥ著ㄓㄜ阿ㄚ摩ㄇㄛ看ㄎㄢ。
事ㄕ情ㄑㄧㄥ到ㄉㄠ了ㄌㄜ這ㄓㄜ個ㄍㄜ地ㄉㄧ步ㄅㄨ， 想ㄒㄧㄤ說ㄕㄨㄛ出ㄔㄨ真ㄓㄣ相ㄒㄧㄤ，
已ㄧ經ㄐㄧㄥ太ㄊㄞ晚ㄨㄢ了ㄌㄜ。

阿ㄚ摩ㄇㄛ一ㄧ口ㄎㄡ氣ㄑㄧ把ㄅㄚ所ㄙㄨㄛ有ㄧㄡ的ㄉㄜ鼻ㄅㄧ屎ㄕ丸ㄨㄢ
都ㄉㄡ吞ㄊㄨㄣ下ㄒㄧㄚ去ㄑㄩ。

接下來，阿摩的臉

從藍色，

變成紅色，

變成綠色，

再變成黃色，

最後變成了紫色。

阿摩幾乎要昏過去了，他大聲喊：

「讓頭腦變聰明的藥丸，是騙人的！」

「是假的？」

「那我們拿到的東西是什麼？」

「其實，那是我的鼻屎啦！」
阿摩哭了起來。

「對不起，我把寶物全都還給你們吧。」
說出實話後，阿摩鬆了一口氣。

看到阿摩恢復健康，動物們都紛紛回家了。

「不過，為什麼要說那是讓頭腦變聰明的藥呢？」
紅鶴問。
阿摩很不好意思的回答：「我吃鼻屎的時候，
剛好被阿羅看到，就隨便脫口說出……。」

從那次之後，
阿摩就沒有吃鼻屎了嗎？

不，聽說他現在
偶爾還是會偷偷的吃喔。

平田明子 ひらた あきこ

出生於日本長野縣，成長於廣島縣。在幼兒園負責小朋友的遊具管理工作。

與增田裕子組成「KEROPON'S」超級二人組，在日本各地巡迴舉辦演唱會及講習會。

這個故事來自於自身的經驗，也是她的第一本繪本。

「關於挖鼻屎這件事，相信是每個人都會有的經驗。老實說，我真的吃過鼻屎喔。」

高畠 純 たかばたけじゅん

1948年生於日本名古屋。1983年以《這是誰的腳踏車》（青林）獲義大利波隆納國際兒童書展插畫獎。

作品曾獲西部美術版畫大賞獎，並參加過紐約藝術EXPO展、C.W.A.J.現代版畫展等展出。

2004年獲日本繪本獎一等獎，2011年再獲第42屆講談社出版文化獎繪本獎。

作品有《來跳舞吧！》（親子天下）、《好長好長的蛇》（青林）、《爸爸的圖畫書》（道聲）等。

「每個人在孩提時候都有過『偷偷的』經驗。我曾經偷偷的在廚房咬下生蒜頭。

那是非常強烈的口感及味道。那次之後我就……（雖然現在已經沒問題了。）

此外，日記要偷偷的寫才是正確的。因為『偷偷的』才是你自己的世界呢。」

MOJAKI NO KUSURI

Text Copyright © 2014 by Akiko HIRATA Illustrations Copyright © 2014 by Jun TAKABATAKE
First published in Japan in 2014 by HOLP SHUPPAN Publishing Co., Ltd.
Traditional Chinese translation rights arranged with HOLP SHUPPAN Publishing Co., Ltd.
through Japan Foreign-Rights Centre/Bardon-Chinese Media Agency
Traditional Chinese translation copyright © 2016 by CommonWealth Education Media and Publishing Co., Ltd.

繪本0181

阿摩的聰明藥

作者｜平田明子 繪者｜高畠 純 譯者｜黃惠綺

責任編輯｜余佩雯 美術設計｜林晴子 行銷企劃｜高嘉吟

天下雜誌群創辦人｜殷允芃 董事長兼執行長｜何琦瑜
兒童產品事業群
副總經理｜林彥傑 總編輯｜林欣靜
主編｜陳毓書 版權主任｜何晨瑋、黃微真

出版者｜親子天下股份有限公司 地址｜台北市104建國北路一段96號4樓
電話｜（02）2509-2800 傳真｜（02）2509-2462 網址｜www.parenting.com.tw
讀者服務專線｜（02）2662-0332 週一～週五：09:00-17:30
讀者服務傳真｜（02）2662-6048 客服信箱｜parenting@cw.com.tw
法律顧問｜台英國際商務法律事務所‧羅明通律師
製版印刷｜中原造像股份有限公司
總經銷｜大和圖書有限公司 電話：（02）8990-2588

出版日期｜2016 年 9 月第一版第一次印行
2022 年 8 月第一版第九次印行
定　價｜280元 書　號｜BKKP0181P ISBN｜978-986-93545-2-3（精裝）

訂購服務

親子天下Shopping｜shopping.parenting.com.tw 海外‧大量訂購｜parenting@cw.com.tw
書香花園｜台北市建國北路二段6巷11號 電話（02）2506-1635 劃撥帳號｜50331356 親子天下股份有限公司

立即購買 >